Analyse de l'œuvre

Par Jean-Bosco d'Otreppe
et Johanna Biehler

La Chute

d'Albert Camus

lePetitLittéraire.fr

ALBERT CAMUS

ÉCRIVAIN, DRAMATURGE, ESSAYISTE ET PHILOSOPHE FRANÇAIS

- **Né en 1913 à Mondovi (Algérie)**
- **Décédé en 1960 à Villeblevin (Yonne)**
- **Quelques-unes de ses œuvres :**
  - *L'Étranger* (1942), roman
  - *Le Mythe de Sisyphe* (1942), essai
  - *La Peste* (1947), roman

Français né en Algérie, prix Nobel de littérature, Albert Camus est l'un des écrivains majeurs du XXe siècle. Intellectuel profondément engagé, philosophe, journaliste, dramaturge et romancier, il a marqué son temps par sa réflexion sur l'absurde, qui a trouvé chez lui une expression nuancée, sensible et humaine.

Largement admiré, parfois critiqué, Camus a trouvé un écho considérable dans le monde entier avec ses romans *La Peste* et, surtout, *L'Étranger*. Il est mort prématurément en 1960 des suites d'un accident de voiture.

LA CHUTE

LA CULPABILITÉ DANS UN MONDE DE L'ABSURDE

- **Genre :** roman
- **Édition de référence :** *La Chute*, Paris, Gallimard, coll. « Folio », 1996, 210 p.
- **1re édition :** 1956
- **Thématiques :** culpabilité, égoïsme, duplicité, nature humaine, déclin

Publiée en 1956, *La Chute* est le troisième et dernier volet du triptyque commencé avec *L'Étranger* et *La Peste*.

La Chute est la confession de Jean-Baptiste Clamence, un ancien avocat français ayant cherché refuge dans les brumes d'Amsterdam. En un long monologue, le narrateur raconte sa vie parisienne faite de gloire, de conquêtes et de beaux discours, jusqu'au jour où, passant sur un pont parisien au cœur de la nuit, il ne secourt pas une femme en train de se noyer. Commence alors pour lui une prise de conscience à la suite de laquelle il ne peut que condamner la vie qu'il aimait tant, une vie finalement emplie, à l'instar de son époque, d'égoïsme, de lâcheté et de vanité.

RÉSUMÉ

La Chute relate cinq journées en six chapitres (le récit du quatrième jour s'étend sur deux chapitres). Les trois premiers se déroulent avant le récit de la noyade ; les trois derniers narrent comment cet évènement a amené le protagoniste à prendre conscience de la superficialité de sa vie et l'a poussé à s'exiler en Hollande. Dès lors, cette construction permet de marquer plus nettement la séparation entre la vie d'avant et celle qui suit le drame, en insistant sur les changements survenus dans la psychologie du protagoniste.

LE « JUGE-PÉNITENT »

D'emblée, Albert Camus plonge le lecteur dans l'ambiance brumeuse et fumeuse du Mexico-City, un bar niché au cœur d'Amsterdam, où Jean-Baptiste Clamence engage la conversation avec un compatriote (client francophone) dont nous ne connaitrons jamais le nom. Tout au long du récit, il est le seul à prendre la parole, son interlocuteur n'étant là que pour écouter sa confession.

Ancien avocat parisien, cultivé, Clamence a quitté la capitale française pour devenir « juge-pénitent », une fonction qu'il a créée, qui le place à la fois dans la posture du bourreau et dans celle de la victime, et qu'il exerce donc sous le pseudonyme de Jean-Baptiste Clamence, en référence à Jean le Baptiste *clamans in deserto* : celui qui prêche dans le désert.

Auparavant, son métier d'avocat lui permettait de vivre

dans le confort, en acceptant totalement la duplicité de la nature humaine. Son nouveau rôle consiste maintenant à se mépriser lui-même publiquement, à s'accuser de tous les maux ; ce faisant, il « devient un miroir » (p. 146) dans lequel ses contemporains se reconnaissent aussi. Alors, à son tour, librement, il peut les juger : « Puisqu'on ne pouvait condamner les autres sans aussitôt se juger, il fallait s'accabler soi-même pour avoir le droit de juger les autres », explique-t-il (p. 143-144).

Clamence décrit à son interlocuteur le « songe d'or et de fumée » (p. 17) qu'est la Hollande, ainsi que son amour pour les Hollandais. Ceux-ci ont toujours l'air absents, la tête « dans cette brume de néon, de genièvre et de menthe qui descend des enseignes rouges et vertes » (*ibid.*). La discussion se termine dans le froid de la nuit, devant un pont : Clamence a fait le vœu de ne plus jamais passer sur un pont la nuit.

LA NOYADE

Le lendemain, au même endroit et face au même interlocuteur, le juge-pénitent raconte sa vie passée à Paris. Son existence était alors celle d'un homme estimé, défendant sans cesse la veuve et l'orphelin pour étancher sa soif de charité. Beau et admirable, se sachant plein de vertus, il ne recherchait que les sommets.

Mais un soir, alors qu'il admirait la Seine depuis le pont des Arts, un rire venu de nulle part a éclaté derrière lui. Troublé, Clamence est rentré chez lui et c'est là, face à la glace de la salle de bain et devant le reflet de son sourire « double », qu'il a pris conscience de sa vraie nature. Face au miroir, le voile des apparences s'est soudainement levé et, au-delà des faux-semblants, il a compris que sa propre bienveillance n'avait jamais été qu'un leurre.

Clamence avoue à son interlocuteur que, depuis cet épisode, sa vie n'est plus la même. Insidieusement, l'harmonie qui le caractérisait, la vie parfaite qu'il semblait mener, s'est fissurée. Tout doucement, il a pris conscience de la vanité de son existence, compris que ce qui le poussait à faire le bien était plus une soif de domination et de pouvoir qu'une soif de vertu.

À cet instant, le juge-pénitent abandonne un moment son interlocuteur pour aller conseiller le tenancier du Mexico-City, inquiété pour le vol d'un tableau. En Hollande, il est devenu le conseiller juridique des malfrats du port.

En reconsidérant sa vie avec un regard neuf, il a découvert la honte. Il se souvient d'une autre histoire, qu'il relate également à son compagnon. Une nuit, alors qu'il regagnait son domicile, il a entendu une jeune femme qu'il venait de croiser tomber dans l'eau. Surpris, il avoue ne pas avoir bougé :

> « Je tremblais, je crois, de froid et de saisissement. Je me disais qu'il fallait faire vite et je sentais une faiblesse irrésistible envahir mon corps. J'ai oublié ce que j'ai pensé alors. "Trop tard, trop loin..." ou quelque chose de ce genre. J'écoutais toujours, immobile. Puis, à petits pas, sous la pluie, je m'éloignai. Je ne prévins personne. » (p. 75)

LE CHANGEMENT

Le quatrième jour, Clamence visite avec son compatriote l'ile de Marken et ses paysages morts, plats et incolores. Au fil de la conversation, son image d'homme sécurisant, à qui tout réussit, se délite. Clamence prend du recul sur lui-même et confesse à son ami que, contrairement à ce qu'il pourrait penser, il n'est pas parfait et compte même quelques ennemis - ce dont il ne s'étonne pas, car il sait maintenant que les gens jugent pour éviter d'être jugés. C'est d'ailleurs le regard d'autrui qui lui a révélé une autre part de lui-même, à savoir son intrinsèque hypocrisie et ses vices jusqu'alors masqués sous d'apparentes qualités :

> « J'ai compris alors [...] que la modestie m'aidait à briller, l'humilité à vaincre et la vertu à opprimer. Je faisais la guerre par des moyens pacifiques et j'obtenais enfin, par les moyens du désintéressement, tout ce que je convoitais. » (p. 90)

À cette époque, conscient de ses failles et furieux que ses contemporains continuent à le considérer comme parfait, il a choisi d'afficher au grand jour sa duplicité. Tout en se couvrant de ridicule, il a troublé l'opinion par des propos désobligeants, que ce soit lors de ses plaidoiries ou au cours de mondanités. Il a également décidé de se lancer à corps perdu dans la débauche : cette nouvelle forme de vie lui a procuré un certain soulagement pendant un temps, la débauche étant libératrice, car elle ne crée aucune obligation.

Un jour, cependant, au large de l'océan, son regard est tombé sur une tache noire qui lui a rappelé la forme d'un noyé. Il a alors compris qu'il ne pourrait jamais oublier sa culpabilité : « Il fallait se soumettre et reconnaitre sa culpabilité. Il fallait vivre dans le malconfort. » (p. 115) Tout le monde doit reconnaitre ses fautes, explique-t-il, c'est le destin des hommes. D'ailleurs, la vraie raison de l'agonie du Christ ne tient-elle pas en ce « qu'il savait, lui, qu'il n'était pas tout à fait innocent » (p. 118) ? Il a alors cherché une autre voie.

Le cinquième jour, Clamence, malade, accueille son interlocuteur dans sa chambre et lui avoue qu'autrefois, dans un camp de prisonniers en Afrique du Nord, il a condamné à mort un compagnon de cellule en buvant son eau. Il jugeait que sa propre survie, en raison de ses responsabilités, était plus importante que celle de son acolyte.

Il lui montre aussi le célèbre tableau *Les Juges intègres* (1432) de Jan Van Eyck (peintre flamand, vers 1390-1441), qui a été volé des années plus tôt et vendu au Mexico-City. Clamence a convaincu le tenancier du bar de le lui donner. Et quand son interlocuteur l'interroge sur les raisons qui le poussent à ne pas restituer le tableau, Clamence rétorque qu'il espère pouvoir un jour se confier à un policier qui l'arrêtera. Pour l'heure, il attend le jugement d'autrui ainsi que la sentence qu'implique ce recel d'œuvre d'art :

> « Peut-être s'occuperait-on ensuite du reste, on me décapiterait, par exemple, et je n'aurais plus peur de mourir, je serais sauvé. Au-dessus du peuple assemblé, vous élèveriez alors ma tête encore fraîche, pour qu'ils s'y reconnaissent et qu'à nouveau je les domine, exemplaire. Tout serait consommé, j'aurais achevé, ni vu ni connu, ma carrière de faux prophète qui crie dans le désert et refuse d'en sortir. » (p. 152)

Mais son interlocuteur n'est qu'un avocat parisien, en aucun cas le policier tant attendu. Il n'est d'ailleurs que le reflet de Clamence avant sa prise de conscience et, peut-être, un autre juge-pénitent en devenir.

ÉTUDE DES PERSONNAGES

JEAN-BAPTISTE CLAMENCE

C'est un ancien avocat qui, déçu par sa vie parisienne, a rejoint Amsterdam sous un faux nom (Jean-Baptiste Clamence est un pseudonyme, et nous ne connaitrons jamais sa véritable identité) pour exercer sa nouvelle profession : celle de juge-pénitent.

Depuis qu'il a entendu une femme se noyer en passant sur un pont, l'existence de Jean-Baptiste Clamence a un pris un nouveau tournant : le sentiment de culpabilité s'est insinué en lui et lui a révélé sa propre duplicité. Plus tard, il a interprété un rire mystérieux, venu de nulle part, comme l'expression d'un jugement extérieur et comme la condamnation de son égoïsme ainsi que de sa lâcheté. C'est d'ailleurs cet évènement qui va l'amener à reconsidérer sa vie et ses valeurs, au point de changer de pays et de profession. Mais en dépit de son désir de se confier, d'avouer ses fautes, le jugement qu'il appelle de ses vœux ne vient pas.

Force est de constater que Clamence, en tant qu'ancien avocat, maitrise l'art de la parole. C'est lui qui conduit de sang-froid sa confession, qui rythme son récit, attisant à sa guise la curiosité de son auditeur. Cependant, une telle rhétorique dévoile en fin de compte un être ambigu et plein de paradoxes, écartelé entre le mensonge et la vérité :

> « Vous, par exemple, mon cher compatriote, pensez un peu à ce que serait votre enseigne. Vous vous taisez ? Allons, vous

> me répondrez plus tard. Je connais la mienne en tout cas : une face double, un charmant Janus [ancien dieu romain, représenté avec deux visages opposés], et, au-dessus, la devise de la maison : "Ne vous y fiez pas." Sur mes cartes : "Jean-Baptiste Clamence, comédien." » (p. 52)

Clamence avoue mentir aux autres comme il se ment à lui-même. Le mensonge, reconnait-il, peut en dire autant, sinon plus, que la vérité : « On voit parfois plus clair dans celui qui ment que dans celui qui dit vrai. La vérité, comme la lumière, aveugle. Le mensonge, au contraire, est un beau crépuscule, qui met chaque objet en valeur. » (p. 126) Et pourtant, à travers sa confession, il cherche à tendre vers la vérité. Voilà tout le paradoxe du personnage.

La question est alors de savoir quel est le sens de ses révélations. Derrière sa volonté de pratiquer sa nouvelle profession de juge-pénitent, il est possible de déceler un véritable appel à l'aide. Sa détresse est d'ailleurs parfois perceptible sous l'ironie constante de son récit, tout comme elle perce aussi à travers sa maladie, lorsqu'il reçoit son interlocuteur chez lui, alité, ou même encore dans des moments de plus grand abattement :

> « Ne m'accablez pas trop. Je suis comme ce vieux mendiant qui ne voulait pas lâcher ma main, un jour, à la terrasse d'un café : "Ah monsieur, disait-il, ce n'est pas qu'on soit mauvais homme, mais on perd la lumière." Oui, nous avons perdu la lumière, les matins, la sainte innocence de celui qui se pardonne à lui-même. » (p. 150-151)

L'INTERLOCUTEUR

L'homme à qui s'adresse Jean-Baptiste Clamence nous en apprend beaucoup sur le juge-pénitent. Avocat parisien, il voyage également à Amsterdam. De nombreux éléments permettent de voir en cet interlocuteur un Clamence bis qui, empêtré dans la rhétorique du juge-pénitent, prend petit à petit conscience de sa duplicité et perd son innocence pour se rendre compte de sa propre culpabilité.

Cette prise de conscience devient sensible dans la répétition des rencontres. L'interlocuteur choisit délibérément de revenir sans cesse auprès de Clamence, et leur rencontre fortuite est ainsi suivie de véritables rendez-vous. Le juge-pénitent sait que le processus de changement a commencé chez son interlocuteur : « Avouez cependant que vous vous sentez, aujourd'hui, moins content de vous-même que vous ne l'étiez il y a cinq jours ? J'attendrai maintenant que vous m'écriviez ou que vous reveniez. Car vous reviendrez, j'en suis sûr ! » (p. 147)

Par l'exemple de sa propre confession, Jean-Baptiste Clamence cherche à pousser l'interlocuteur à sonder sa mémoire et ses souvenirs les plus douloureux pour les lui avouer. Celui-ci est comme pris au piège, dès lors que les confessions de Clamence appellent les siennes. Il est en quelque sorte la victime du dispositif sadomasochiste mis en place par le juge-pénitent, qui semble se satisfaire du fait de souffrir et de faire souffrir.

Pourtant, l'interlocuteur supporte, voire recherche, une telle situation. De fait, deux options semblent s'offrir à lui :

affronter sa propre culpabilité et devenir juge-pénitent sur le modèle de Clamence, ou continuer à vivre une vie qu'il sait maintenant superficielle et sans consistance.

Parce qu'il n'est pas le policier susceptible d'entendre ses aveux et de l'arrêter, l'interlocuteur ne peut délivrer Clamence. Avocat parisien, il s'apparente au contraire à une sorte de clone du juge-pénitent. Ainsi l'un et l'autre semblent se renvoyer leur propre image, sans que ni l'un ni l'autre ne puisse se soustraire à sa condition. Chacun observe sa déchéance à travers celle de l'autre, sans trouver une nouvelle espérance ou une quelconque chance de rédemption.

CLÉS DE LECTURE

LA CHUTE : UNE ŒUVRE INCLASSABLE

Un « nouveau roman » ?

Lors de sa parution, la critique considère *La Chute* comme une œuvre relevant du « nouveau roman ». Les représentants de ce mouvement littéraire sont essentiellement des auteurs publiés aux Éditions de Minuit, dont Nathalie Sarraute (femme de lettres française, 1900-1999), Claude Simon (écrivain français, 1913-2005) et Alain Robbe-Grillet (écrivain et cinéaste français, 1922-2008).

Leurs textes sont extrêmement divers, et il est donc difficile d'établir une liste exhaustive des œuvres relevant de ce courant. Cependant, il existe quelques caractéristiques communes à ces œuvres qui, comme l'indique Roger-Michel Allemand, se rejoignent par « le fait qu'[elles] partagent un certain nombre de refus, tant idéologiques que littéraires » (ALLEMAND R.-M., *Le Nouveau Roman*, Paris, Ellipses, coll. « Thèmes et Études », 2016, p. 35) :

- le refus de l'intrigue en tant qu'enchainement logique des faits dans une relation de cause à effet. Clamence raconte son histoire, mais les actes sont à peu près absents de l'histoire. Les deux hommes « n'agissent » pas ; ils ne font que boire, se promener et, surtout, dialoguer ;
- le refus du personnage. À l'instar de Jean-Baptiste Clamence, les caractères présentés par le « nouveau roman » sont instables, difficiles à saisir : leur personnalité est énigmatique ;

- le refus d'un statut d'auteur omniscient, ainsi que le revendique aussi Jean-Paul Sartre (« Dans un vrai roman, pas plus que dans le monde d'Einstein, il n'y a de place pour un observateur privilégié », SARTRE J.-P., *Situations I*, Paris, Gallimard, 1947, p. 56) ;
- le refus de la chronologie et du temps en tant que suite linéaire. Si Clamence et son interlocuteur se rencontrent durant plusieurs jours, le récit de Clamence ne s'organise pas selon la structure classique (situation initiale ; élément perturbateur ; dénouement ; situation finale). Il suit plutôt le fil d'une pensée, procédant par associations d'idées avec de brusques changements de direction.

Certains auteurs, comme Sarraute ou Robbe-Grillet, ont estimé que Camus était un modèle à suivre, mais en retour, celui-ci n'a porté que peu d'intérêt au « nouveau roman ». Dans un entretien accordé au journal *Venture Review* et publié en 1960, Camus explique d'ailleurs sa technique narrative et ce pour quoi *La Chute* relève moins, selon lui, du style « nouveau roman » que de l'écriture dramatique : « J'y ai utilisé une technique de théâtre (le monologue dramatique et le dialogue implicite) pour décrire un comédien tragique. » (cité dans REY P.-L., « La Chute », in GUÉRIN J. (dir.), *Dictionnaire Albert Camus*, Paris, Robert Laffont, coll. « Bouquins », 2009, p. 149)

Une écriture dramatique

L'inspiration de la forme choisie pour le récit de *La Chute* n'est donc pas à chercher dans les techniques romanesques ; il faut plutôt se tourner vers l'écriture dramatique. De fait, le monologue est devenu au théâtre, à partir du XIXe siècle,

« l'espace ouvert d'une parole en quête d'interlocuteur » (HAUSBEI K. et HEULOT F., « Monologue », in SARRAZAC J.-P. (dir.), *Lexique du drame moderne et contemporain*, Belval, Circé, coll. « Poche », 2005, p. 126).

Et en effet, la technique adoptée par Camus met en scène un désir de parole, en même temps qu'elle témoigne d'un échec de la communication : dans *La Chute*, Jean-Baptiste Clamence recherche un auditeur pour accueillir sa confession, mais l'interlocuteur n'existe qu'à travers lui. D'ailleurs, le « juge-pénitent » prend également en charge le discours de son acolyte : « De la patience ? Vous avez raison, sans doute. Il nous faudrait la patience d'attendre le Jugement dernier. Mais voilà, nous sommes pressés. » (p. 89) L'interlocuteur n'est présent en Hollande que pour quelques jours, ce qui confère une impression d'urgence au discours de Clamence. Dès lors, le rythme est rapide, saccadé en l'absence d'enchainements logiques.

La relation au jeu théâtral est en outre sensible dans la façon dont Clamence se désigne : par exemple, sa carte de visite le présente comme « un comédien » (p. 52) ; il jouait « un rôle » (p. 66). Il refuse ainsi de dévoiler son véritable nom, il indique porter un masque, il se met en scène face à un public (l'interlocuteur).

Notons encore que l'année de parution de *La Chute* est une année où Camus se préoccupe beaucoup de théâtre, puisqu'il met en scène *Requiem pour une nonne* (1951) de William Faulkner (écrivain américain, 1897-1962), puis il travaille pour le festival de théâtre d'Angers.

LE « JUGE-PÉNITENT »

La culpabilité

Un jour, Clamence a manqué d'assister une femme en train de se noyer. Ni les lecteurs ni le personnage ne savent ce qu'il est advenu d'elle : « Ah ! je ne sais pas vraiment, je ne sais pas. Ni le lendemain, ni les jours qui suivent, je n'ai lu les journaux. » (p. 76) Mais au-delà de cet évènement, Clamence, qui s'imaginait bon et bienveillant, se révèle coupable d'indifférence à l'égard des autres.

Plus tard, le juge-pénitent est à son tour confronté à l'indifférence des autres, car s'il leur confesse ce qu'il considère comme ses péchés, ses interlocuteurs ne se donnent pas la peine de le juger. Pour ne pas risquer d'être jugés à leur tour, ils refusent de l'absoudre et de le libérer de sa culpabilité.

Ce qui est difficile pour Clamence, contrairement à Meursault dans *L'Étranger*, par exemple, c'est précisément que personne ne vient le condamner. Aucun tribunal ne vient le décharger de ses fautes. Il est donc son seul juge et, par là même, reste esclave de ses propres crimes. Aussi espère-t-il qu'un jour on retrouvera le tableau de Jan Van Eyck. Mais aucun policier ne trouve le chemin de sa maison pour y découvrir *Les Juges intègres*.

Dès lors, Clamence se complait dans sa déchéance et, par le réquisitoire qu'il dresse contre lui-même, contraint les autres à regarder en eux les fautes qui taraudent inconsciemment leur esprit, car tous les hommes sont coupables.

L'ÉTRANGER

L'Étranger est un roman d'Albert Camus publié en 1942. Dans un de ses *Carnets*, le 21 février 1941, l'écrivain le considère comme le premier texte de ce qu'il appelle son cycle des « trois Absurdes ». Il s'agit d'un récit à la première personne, au sein duquel le personnage principal, Meursault, « vit avec indifférence, accueillant tout ce qui lui arrive comme allant de soi, [faisant] le récit de sa vie, sans mensonge, comme il la voit. » (WADDINGTON M., *Albert Camus*, Paris, Hachette, coll. « Lecture facile », 1994, p. 42)

Meursault se rend à l'asile de Marengo, où sa mère vient de mourir. Le lendemain, il assiste aux funérailles, mais ne semble pas affecté par l'évènement. Lors d'une journée passée en bord de mer, il tue un homme et, suite à cet assassinat, est arrêté. Au cours du procès, le comportement étrange qui a été le sien au moment d'enterrer sa mère est plus étudié que le meurtre, que Meursault indique d'ailleurs avoir commis sans réelle intention, à cause du soleil. Il est condamné à la guillotine. Quand l'aumônier lui rend visite pour une dernière confession, Meursault refuse de parler et se met même en colère. Il trouvera la paix dans le calme de la nuit.

La structure narrative, les thématiques développées par l'auteur – le jugement, les apparences, le mensonge, la culpabilité, etc. – et la composition en deux temps ont souvent occasionné un rapprochement entre *L'Étranger* et *La Chute*, pourtant écrits à presque dix ans d'intervalle.

Une parole qui asservit

Clamence rythme son récit selon son bon vouloir. Sa parole est une parole qui enferme. Dans le monologue qu'il propose, l'interlocuteur est nié et n'a jamais voix au chapitre. Certes, Clamence fait mine de l'entendre, mais il ne prend dans le discours de son auditeur que ce qui lui convient pour poursuivre son soliloque, sourd à la parole de l'autre.

Cette parole a d'ailleurs une valeur performative, c'est-à-dire qu'elle est capable de réaliser l'action qu'elle décrit. Niant l'autre, elle annule toute altérité ; désignant l'autre, elle lui applique une étiquette inscrite à l'encre indélébile : « Chez moi, explique Clamence, on ne bénit pas, on ne distribue pas d'absolution. On fait l'addition, simplement, et puis : "Ça fait tant. Vous êtes un pervers, un satyre, un mythomane, un pédéraste, un artiste, etc." Comme ça. Aussi sec. » (p. 137) Celui qui est ainsi jugé n'a pas le droit de se défendre ; le juge-pénitent a le premier et le dernier mot, et sa condamnation est sans appel.

C'est ainsi qu'ayant peur lui-même de sa propre liberté (un homme qui se présente comme libre devient responsable de tous ses actes et de tous ses choix, ce qui a un côté effrayant), Clamence asservit ses interlocuteurs et, par son discours, les enferme dans sa logique de pensée : « En philosophie comme en politique, je suis donc pour toute théorie qui refuse l'innocence à l'homme et pour toute pratique qui le traite en coupable. Vous voyez en moi, très cher, un partisan éclairé de la servitude. » (p. 137-138)

Le thème de la chute

La chute, c'est d'abord la noyade de cette femme inconnue, élément déclencheur de la prise de conscience de l'avocat parisien. Cette chute physique constitue d'ailleurs le point de départ d'une chute métaphysique : celle de Jean-Baptiste Clamence. De fait, dans la longue confession à laquelle celui-ci se livre se joue bien sûr le récit de la chute d'un homme dont la vie, autrefois considérée comme agréable, voire parfaite par son entourage, lui est soudainement devenue insupportable, quand lui en a été révélée la superficialité.

En un sens, la déchéance de Jean-Baptiste Clamence nous renvoie au mythe d'Icare, dont la chute a été provoquée par excès de confiance en soi. Pour échapper au labyrinthe du Minotaure, Dédale et son fils Icare se sont fabriqués des ailes en cire avec des plumes d'oiseaux ramassées sur le toit. Les deux hommes ne devaient pas voler trop haut pour ne pas faire fondre la cire avec la chaleur du soleil. Mais Icare n'a pas pu résister à la tentation de s'élever, afin de mieux admirer le paysage. Et lorsque la cire a fondu, il est tombé dans la mer qui porte aujourd'hui son nom.

Ainsi, comme Icare, Jean-Baptiste Clamence a visé les sommets avant que ses fautes ne lui coupent les ailes.

AMSTERDAM

La Chute est le seul texte d'Albert Camus qui se situe loin des lumières méditerranéennes qu'il apprécie tant. On peut cependant comprendre le choix de la ville hollandaise, car l'ambiance qui y règne ressemble à s'y méprendre à l'état d'esprit de Clamence.

Clamence retrouve dans Amsterdam, ville de pluie, de brume et de froid, ces choses mêmes qui l'ont poussé à ne pas sauver la femme tombée dans la Seine. Au cœur d'Amsterdam, il se retrouve prisonnier de ce qui l'a amené à la faute. Il semble donc choisir cette ville pour assumer son crime, pour s'y complaire et l'habiter.

Amsterdam est aussi une ville où rien n'est clair. Sculptée par les méandres de ses canaux, elle a un côté obscur et, dans la demi-teinte de ses couleurs, on ne distingue plus le mensonge de la vérité. Aucune lumière aveuglante ne traverse la ville. Clamence qui, comme nous l'avons signalé précédemment, regarde le mensonge pour comprendre la vérité, se sent bien dans cette capitale au sein de laquelle il peut se réfugier dans les mythes qui l'habitent, les rêves et les tableaux.

Cependant, Clamence aime aussi retrouver les couleurs claires du matin. Il ne peut s'empêcher de songer à la Grèce, où tout n'est que clarté et lumière. Bref, il semble espérer retrouver un jour la grâce de revivre dans la vérité. En a-t-il cependant le réel espoir ? L'ironie des dernières phrases du livre semble le démentir :

> « Prononcez vous-même les mots qui, depuis des années, n'ont cessé de retentir dans mes nuits, et que je dirai enfin par votre bouche : "Ô jeune fille, jette-toi encore dans l'eau pour que j'aie une seconde fois la chance de nous sauver tous les deux !" Une seconde fois, hein, quelle

> imprudence ! Supposez, cher maitre, qu'on nous prenne au mot ? Il faudrait s'exécuter. Brr... ! L'eau est si froide ! Mais rassurons-nous ! Il est trop tard, maintenant, il sera toujours trop tard. Heureusement ! » (p. 153)

LA PLACE DE *LA CHUTE* DANS LA PHILOSOPHIE CAMUSIENNE

Camus est connu pour avoir développé la pensée de l'absurde. Pour lui, l'absurde est un sentiment que l'homme éprouve au cours de son existence. Ce sentiment résulte de la confrontation entre, d'une part, les questions que l'homme se pose au sujet de sa vie et, d'autre part, le silence déraisonnable du monde, sourd à ses appels. Dès lors, l'homme doit reconnaitre l'absurdité de son existence et l'affronter. Il est inutile, pense Camus, de s'en remettre à un hypothétique Dieu ou de se projeter dans un avenir incertain. Il faut vivre de ses seules certitudes, profiter du présent, travailler pour la justice et avoir foi en l'homme. C'est la seule recette du bonheur.

À sa manière, *La Chute* est un roman qui rend compte de ce sentiment de l'absurde. Clamence suit le même cheminement que Meursault dans *L'Étranger*. Il commence par vivre sans trop se poser de questions, mais, insidieusement, au fil du temps, un ensemble d'éléments (le rire sur le pont, la chute du corps dans la Seine, etc.) le sort de sa léthargie et l'amène à progressivement remettre sa vie en question.

Tout comme Meursault, il prend alors conscience de la vanité de son existence, mais, contrairement à lui, il n'illustre pas du tout la révolte de l'homme face à l'absurdité de sa condition. En effet, Clamence ne croit plus en l'homme et désespère de l'humanité, alors que Meursault, illustrant les préceptes de Camus, vit pleinement le présent et reconquiert, par là même, sa vie et sa liberté.

Camus, lorsqu'il écrit *La Chute*, trois ans avant sa mort, semble vouloir se faire plus critique par rapport à la morale énoncée plus tôt dans sa vie. Il se défait en tout cas de tout idéalisme et témoigne des brumes et de l'ambiance terne dans laquelle se plonge si souvent notre existence.

PISTES DE RÉFLEXION

QUELQUES QUESTIONS POUR APPROFONDIR SA RÉFLEXION…

- À la suite de cette lecture, comment nous est-il possible d'envisager la justice humaine ?
- Clamence considère que la justice divine, si elle devait exister, est moins terrifiante que la justice des hommes. Expliquez.
- Au regard de cette lecture, pensez-vous que l'homme puisse concilier sa quête du bonheur avec sa profonde culpabilité ?
- À votre avis, pourquoi Clamence ne se dénonce-t-il pas directement à la police pour le vol du tableau ?
- Pourquoi, selon vous, Clamence montre-t-il un paysage sombre et désolé de l'ile de Marken à son interlocuteur ? Comment comprenez-vous le fait qu'il avoue avoir du plaisir à le regarder et, en même temps, espère souvent percevoir la claire lumière du matin descendant sur Amsterdam ?
- En quoi le sentiment de l'absurde se manifeste-t-il dans cette œuvre ?
- Pourquoi, à votre avis, Clamence manie-t-il autant l'humour et l'ironie ?
- En quoi peut-on dire que *La Chute* répond à *L'Étranger* ?
- Comment interprétez-vous le titre de ce roman ?
- Quel est le rôle de l'interlocuteur ? Selon vous, pourquoi Albert Camus a-t-il choisi de ne pas le faire intervenir directement ?

Votre avis nous intéresse !
Laissez un commentaire sur le site de votre librairie en ligne
et partagez vos coups de cœur sur les réseaux sociaux !

POUR ALLER PLUS LOIN

ÉDITION DE RÉFÉRENCE

- CAMUS A., *La Chute*, Paris, Gallimard, coll. « Folio », 1996.

ÉTUDES DE RÉFÉRENCE

- ALLEMAND R.-M., *Le Nouveau Roman*, Paris, Ellipses, coll. « Thèmes et Études », 2016.
- CAMUS A., *Essais*, Paris, Gallimard, coll. « Bibliothèque de la Pléiade », 1965.
- CAMUS A., *L'Étranger*, dossier réalise par M. KORICHI et A. VERLET, Paris, Gallimard, coll. « Folioplus classiques », 2005.
- CAMUS A., *Le Mythe de Sisyphe*, Paris, Gallimard, coll. « Folio », 1985.
- CAMUS A., *Œuvres complètes, tome II*, Paris, Gallimard, coll. « Bibliothèque de la Pléiade », 2006.
- GUÉRIN J., « Sartre, Jean-Paul », in *Dictionnaire Albert Camus*, Paris, Robert Laffont, coll. « Bouquins », 2009.
- HAUSBEI K. et HEULOT F., « Monologue », in SARRAZAC J.-P. (dir.), *Lexique du drame moderne et contemporain*, Belval, Circé, coll. « Poche », 2005.
- REY P.-L., « La Chute », in GUÉRIN J. (dir.), *Dictionnaire Albert Camus*, Paris, Robert Laffont, coll. « Bouquins », 2009.
- REY P.-L., *La Chute. Camus*, Paris, Hatier, coll. « Profil d'une œuvre », 1970.
- SALAZAR-FERRE O., « Existentialisme », in GUÉRIN J. (dir.), *Dictionnaire Albert Camus*, Paris, Robert Laffont, coll.

« Bouquins », 2009
- SARTRE J.-P., *Situations I*, Paris, Gallimard, 1947.
- WADDINGTON M., *Albert Camus*, Paris, Hachette, coll. « Lecture facile », 1994.

SUR LEPETITLITTÉRAIRE.FR

- Commentaire de l'incipit de *La Peste* d'Albert Camus.
- Commentaire de l'épilogue de *La Peste*.
- Commentaire de l'acte II des *Justes* d'Albert Camus.
- Commentaire de l'incipit de *L'Étranger* d'Albert Camus.
- Commentaire de l'excipit de *L'Étranger*.
- Commentaire du « meurtre de l'Arabe » dans *L'Étranger*.
- Fiche de lecture sur *Caligula* d'Albert Camus.
- Fiche de lecture sur *La Peste*.
- Fiche de lecture sur *Le Mythe de Sisyphe* d'Albert Camus.
- Fiche de lecture sur *Le Premier homme* d'Albert Camus.
- Fiche de lecture sur *Les Justes*.
- Fiche de lecture sur *L'Étranger*.
- Questionnaire de lecture sur *La Peste*.
- Questionnaire de lecture sur *Les Justes*.
- Questionnaire de lecture sur *L'Étranger*.

Dumas
- Les Trois Mousquetaires

Énard
- Parlez-leur de batailles, de rois et d'éléphants

Ferrari
- Le Sermon sur la chute de Rome

Flaubert
- Madame Bovary

Frank
- Journal d'Anne Frank

Fred Vargas
- Pars vite et reviens tard

Gary
- La Vie devant soi

Gaudé
- La Mort du roi Tsongor
- Le Soleil des Scorta

Gautier
- La Morte amoureuse
- Le Capitaine Fracasse

Gavalda
- 35 kilos d'espoir

Gide
- Les Faux-Monnayeurs

Giono
- Le Grand Troupeau
- Le Hussard sur le toit

Giraudoux
- La guerre de Troie n'aura pas lieu

Golding
- Sa Majesté des Mouches

Grimbert
- Un secret

Hemingway
- Le Vieil Homme et la Mer

Hessel
- Indignez-vous !

Homère
- L'Odyssée

Hugo
- Le Dernier Jour d'un condamné
- Les Misérables
- Notre-Dame de Paris

Huxley
- Le Meilleur des mondes

Ionesco
- Rhinocéros
- La Cantatrice chauve

Jary
- Ubu roi

Jenni
- L'Art français de la guerre

Joffo
- Un sac de billes

Kafka
- La Métamorphose

Kerouac
- Sur la route

Kessel
- Le Lion

Larsson
- Millenium I. Les hommes qui n'aimaient pas les femmes

Le Clézio
- Mondo

Levi
- Si c'est un homme

Levy
- Et si c'était vrai...

Maalouf
- Léon l'Africain

Malraux
- La Condition humaine

Marivaux
- La Double Inconstance
- Le Jeu de l'amour et du hasard

Martinez
- Du domaine des murmures

Maupassant
- Boule de suif
- Le Horla
- Une vie

Mauriac
- Le Nœud de vipères

Mauriac
- Le Sagouin

Mérimée
- Tamango
- Colomba

Merle
- La mort est mon métier

Molière
- Le Misanthrope
- L'Avare
- Le Bourgeois gentilhomme

Montaigne
- Essais

Morpurgo
- Le Roi Arthur

Musset
- Lorenzaccio

Musso
- Que serais-je sans toi ?

Nothomb
- Stupeur et Tremblements

Orwell
- La Ferme des animaux
- 1984

Pagnol
- La Gloire de mon père

Pancol
- Les Yeux jaunes des crocodiles

Pascal
- Pensées

Pennac
- Au bonheur des ogres

Poe
- La Chute de la maison Usher

Proust
- Du côté de chez Swann

Queneau
- Zazie dans le métro

Quignard
- Tous les matins du monde

Rabelais
- Gargantua

Racine
- Andromaque
- Britannicus
- Phèdre

Rousseau
- Confessions

Rostand
- Cyrano de Bergerac

Rowling
- Harry Potter à l'école des sorciers

Saint-Exupéry
- Le Petit Prince
- Vol de nuit

Sartre
- Huis clos
- La Nausée
- Les Mouches

Schlink
- Le Liseur

Schmitt
- La Part de l'autre
- Oscar et la Dame rose

Sepulveda
- Le Vieux qui lisait des romans d'amour

Shakespeare
- Roméo et Juliette

Simenon
- Le Chien jaune

Steeman
- L'Assassin habite au 21

Steinbeck
- Des souris et des hommes

Stendhal
- Le Rouge et le Noir

Stevenson
- L'Île au trésor

Süskind
- Le Parfum

Tolstoï
- Anna Karénine

Tournier
- Vendredi ou la Vie sauvage

Toussaint
- Fuir

Uhlman
- L'Ami retrouvé

Verne
- Le Tour du monde en 80 jours
- Vingt mille lieues sous les mers
- Voyage au centre de la terre

Vian
- L'Écume des jours

Voltaire
- Candide

Wells
- La Guerre des mondes

Yourcenar
- Mémoires d'Hadrien

Zola
- Au bonheur des dames
- L'Assommoir
- Germinal

Zweig
- Le Joueur d'échecs

L'éditeur veille à la fiabilité des informations publiées, lesquelles ne pourraient toutefois engager sa responsabilité.

www.lepetitlitteraire.fr

ISBN version numérique : 978-2-8062-9739-6
ISBN version papier : 978-2-8062-6942-3
Dépôt légal : D/2017/12603/428

Avec la collaboration de Johanna Biehler pour l'étude du personnage de « L'interlocuteur », pour l'encadré sur « *L'Étranger* », ainsi que pour les chapitres « Le thème de la chute » et « *La Chute* : une œuvre inclassable ».

Conception numérique : Primento,
le partenaire numérique des éditeurs.

FÉDÉRATION
WALLONIE-BRUXELLES

Ce titre a été réalisé avec le soutien de la Fédération Wallonie-Bruxelles, Service général des Lettres et du Livre.

18698654R00021

Printed in Poland
by Amazon Fulfillment
Poland Sp. z o.o., Wrocław